Ye

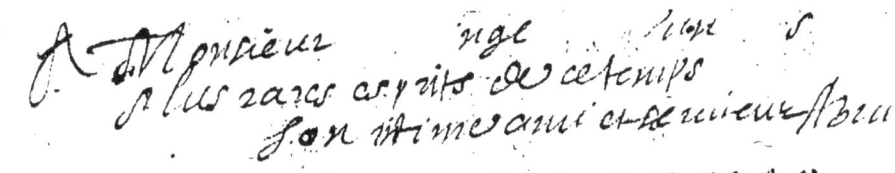

A

MONSIEVR

LE COMTE

DE FIESQVE.

ODE.

A BOVRGES,

Par MAVRICE LEVEZ, demeurant
au deſſus des grandes Eſcoles.

M. DC. XX.

(3)

A HAVT ET PVISSANT

SEIGNEVR MESSIRE FRANÇOIS DE FIESQVE, COMTE DVDIT LIEV, ET DE CALESTAN, BARON DE LEVROVX, DE Bresuyre, de Brion, &c.

MONSIEVR,

On dit que les fautes qui se font par contrainte sont moins sujettes à punition, & que volontiers on n'est pas esconduit du pardon que l'on en recerche. Celle que ie commets entreprenant vn sujet tellement inégal à mes forces, estant dé mesme sorte, me retranche vne bonne partie de la crainte & de la honte qui deuroient se glisser en l'offre que ie vous faits : Car s'il est vray que la main soit officiere du cœur ; il faut croire que la mienne a esté necessitée de tracer cét abregé de vos loüanges, puis qu'elle en receuoit vn commandement

trop exprés de mon cœur. Et fi repaffant plus haut,
on blafme le motif d'vn tel commandement,il faut
condamner mon affection ; & apres elle voftre vertu qui en eft la Mere. C'eft deuant elle mefme que
ie plaide, & par l'entremife de voftre Courtoifie
fa fille aifnée, ie m'en promets vn heureux fuccez:
joint que les quatre caufes qui fe rencontrent en
ce compofé femblent toutes faire pour moy : Car
la Materielle, n'eft autre que vos rares qualitez; la
Formelle, l'honneur que ie leur defere ; l'Efficien-
te, le bon vifage qu'il vous a pleu de monftrer aux
autres pieces de ma façon ; & la Finale, le defir de
me témoigner,

MONSIEVR,

Voftre tres-humble & tres-obeïffant
feruiteur,   BRVN.

ODE

LORS dit-on qu'en des terres graſſes
Les Muſes font leur ſemaiſon,
Sur la cueillette on voit les Graces
Serrer le grain dans leur maiſon ;
Et là de cent façons nouuelles,
Ayant déployé les iauelles,
Aux épis ouurager la peau :
Puis d'vne mignarde tiſſure,
Par leur diuerſe entrelaſſeure
En écliſſer quelque chapeau.

    Grand COMTE ceſte humeur affable
Qui te fait ſouſrire à mes vers,
Veut que le ſens de ceſte fable
S'eſtale aux yeux de l'Vniuers :
Car ayant obligé ma Muſe,
Si maintenant elle s'amuſe
A ceindre ton chef plus qu'humain
D'vne Couronne à meſme tiltre ;
N'eſt-il pas vray que pour la titre

Les Graces y prestent la main ?
    Les ouurages de mon estude
N'ont guere aussi d'autre ciment
Que l'horreur de l'Ingratitude,
Et l'amour du Remerciment.
Iamais pour les Grands, de mon style
Le miel à longs traits ne distile
S'ils n'ont ja gousté ma Chanson:
Et si leur soif ie rassazie
A pleines couppes d'ambrozie
Leur Faueur me rend Echanson.

    Pour vser donc de quelque échange
Enuers ce fauorable accueil,
Ie veux qu'aujourd'huy ta loüange
Renonce au tribut du cercueil:
Et si les Vierges de Permesse
Ne reuoquent point la promesse
Qu'elles semblent faire à mes vœux;
Par moy tes vertus nompareilles
S'assubjettiront les oreilles
Les plus douces de nos neueux.

    Mais à quoy sert tant de parade ?
N'est il pas temps que mon vaisseau
Maintenant éloigne la rade,
Sans craindre meshuy qu'il fasse eau ?
Phœbus iurant d'estre mon Astre,

Je me tiens franc de tout desastre;
Et prenant l'honneur pour support,
Quelque danger que l'on me trame,
Sous luy pourtant ie prens la rame,
Et croy bien d'arriuer au port.

    POVR *marque d'vne illustre tige*
Paroissoit jadis (ce dit-on)
D'vne hache vn certain vestige
Chez tous les enfans de Python:
Et de Zeleuque la descente,
En tant de rameaux florissante,
Ne vit iamais aucun des siens
En qui d'vne anchre la figure
Ne seruit d'vn heureux augure;
Si nous croyons aux Anciens.

    Quand les loix de ta bien-vueillance
M'obligent d'arrester les yeux
Tant sur ta Foy, que ta Vaillance,
Et sur celles de tes Ayeux:
Ie voy ces marques sans partage
Vous échoir par droict d'heritage;
Veu que le naturel vainqueur
Naissant vous met en main la Hache,
Et la Fidelité vous cache
D'autre part l'Anchre dans le cœur.

    Il semble que par ce langage

Ma Muse promet vos hauts faits;
Mais c'est vn dessein qui l'engage
A de trop merueilleux effaits,
Et sans sa foiblesse ie pense
Qu'elle ait assez bonne dispense
D'oster tes Peres du tombeau:
Car de mettre icy leurs victoires,
C'est faire tort à tant d'Histoires
Où le portrait en est si beau

     En tous les marbres d'Italie
On voit les actes immortels,
Et l'honneur du sang qui t'alie
Aux Scipions, & aux Metels,
Presque en chasque endroit de la terre
La pointe de leur cimeterre
Sert à leur gloire de burin;
En Flandre, en France, ou en Espagne
Vostre nom de los s'accompagne,
Et l'on l'adore dans Turin.

     Je n'appelle pour témoignage
De ces derniers mots si hardis,
Que Thomas qui dans ton lignage
Choisit son Espouse jadis:
De tes ayeules Beatrice
Fait que le nom ne se flétrisse:
Et que sous la main de Cloton

Ne

Ne tombe le sang de Sauoye,
Sa couche ayant ouuert la voye
A cent neueux du vieil OTHON.

    Quand ie dis aussi qu'en la France
De tout temps vostre nom fleurit,
Si i'en recerche vne asseurance
Par tout la Valeur me sourrit ;
Car qui n'a sçeu la Renommée
De ce grand Mareschal d'armée
FIESQVE qui sous Sainct Louys
Sembloit au milieu des alarmes,
Rendre du seul bril de ses armes
Les Sarrasins comme ébloüys

    Et ce Comte de Lauanie,
ROBOAL, l'vn de tes Majeurs,
Des Pisans domptant la manie
Sous l'effort de ses bras vengeurs:
Puis de Rodolphe le Vicaire,
PRINCEVALLE, qui iusqu'au Caire
A fait bruire ses actions ;
Plus vaillants que le Dieu de Thrace
Laissent vne assez bonne trace
Parmi les autres nations.

    Le ciel auec mesme largesse
Qu'il mit la force en leurs explois,
Mit la lumiere en leur sagesse

B

Pour donner le iour à ſes loix:
Car aprés tant de Capitaines
Dont les entrepriſes certaines
Paſſoient en toutes regions;
Ceux-là qui par vn ſoin de Pere
Ont fait que noſtre Foy proſpere
Se preſentent par legions.

　　Dieu, qui rend la Fortune eſclaue
En l'élite de ſes ſouſtiens,
N'a iamais permis vn Conclaue
Se fermer ſans quelqu'vn des tiens:
Et quand le Tybre dés ſa ſource
Redouble les pas de ſa courſe
Pour du renom des Cardinaux
Pluſtoſt ſes compagnons inſtruire,
A peine qu'on entende bruire
Que FIESQVE dans ſes canaux.

　　Ils ſe ſont rendus preferables
Preſque touſiours à leurs conſorts,
Et les charges plus honorables
Sembloient eſtre de leurs reſſorts;
Comme OTHON, qui Legat inſpire
Vers les Electeurs de l'Empire
Pour le Pape vne ſainĉte ardeur:
Comme OTHOBON dans l'Angleterre
Qui ſçait au braſier de la guerre

Mettre ce qu'il faut de froideur.

    Si comme mon defir s'allume
S'augmentoit auffi mon pouuoir,
Quelque iour poffible vn volume
Te les viendroit ramenteuoir;
Car puis qu'il faut que ie reffente
Ta faueur ainfi que recente,
Pour toy que ne dois-je tenter?
Ie te iure auffi fur ma vie
Que tout le but de mon enuie
Eft celuy de te contenter.

    Alors ma Mufe plus celebre
Ira recercher les accents
Du Chantre qui des bords de l'Ebre
Donnoit aux bois l'ame & le fens;
D'vne fainɛte ardeur échauffée
En la quefte de ce trophée
Elle baftira des projets,
Dont la ftruɛture toute entiere
En la hauteur de fa matiere
Aura les Aftres pour objets.

    Il me femble ja qu'elle élize,
Affin d'embellir fes appas,
Plus de fleurs qu'aux vergers d'Elize
Nos Peres n'en figuroient pas:
Ie te laiffe à iuger, ô COMTE,

Comme il faudra qu'elle raconte
Les faits de tes Predeceſſeurs:
Puis qu'à bien dire ces miracles,
Apollon meſme en ſes oracles
Trouueroit fort peu de douceurs.

     Ha! ie me perds quand ie contemple
Comme le nom doit eſtre eſcrit
De ceux qu'on a conduits au Temple
En Vicaires de IESVS-CHRIST!
Dieu! quelle voix aſſéz hardie
Me faut-il afin que ie die
L'adreſſe de ces Matelots?
A ſi bien guider le Nauire
Qui touſiours dés Sainct Pierre vire
Parmi l'inconſtance des flots.

     Pourquoy n'ay-je la main à l'œuure
Pour peindre leur ſage courrous,
En preſſant l'écaille ſu coleuure
Qui ſiffle touſiours contre nous?
Que n'acquiers-je le chant d'vn Cygne
Pour dire le trauail inſigne
De tant de genereux Atlas,
Qui ſentirent ſur leurs épaules
La preſſe & le branle des Poles
Sans iamais s'en auoüer las?

     Quel fut le trauail & la peine

Que souffrit ce Grand INNOCENT,
Lors que la fureur inhumaine
De Federic l'alloit pressant?
Combien de cœur, & de prudence
Eut-il, pour mettre en decadence
La force d'vn tel ennemi,
Et receuoir en fin l'hommage
De celuy dont la seule image
Boucloit desia Romme à demi?

   Il m'est impossible de taire
Entre ses dons plus apparens,
Celuy qui t'est hereditaire
Ainsi qu'à l'vn de ses parents,
Que nonobstant tant de trauerses,
Et dans les affaires diuerses
Où le plus grand cœur defaudroit,
Il ait couué sous sa poictrine
Vn tel amour pour la doctrine
Qu'on l'ait dit le Soleil du Droict.

   Pour témoigner la vigilance
De cét autre Pape des tiens,
Je trouue meilleur le silence
Que tous les propos que ie tiens:
A DRIAN *cinquiesme le Phare,*
L'exemple si riche, & si rare
Des talents les plus precieux,

B iij

Dont la vertu releue vn homme ;
Que jadis on le prit dans Rome,
Pour vn Ange transmis des Cieux.

　　Si mon amour ne vous moleste
Me contraignant de vous loüer ;
Trouppe vrayment toute celeste,
De grace ! venez-moy doüer
D'vn tel esprit, qu'vn iour ie treuue
Autant de raison, que de preuue,
Comme estant les Soleils ardents
De ceste vaste Republique,
Iamais par vne voye oblique
Vos rayons n'ont tourné dedans.

　　Et vous de Dieu la fauorite,
Claire Aurore de qui les pleurs
Ont communiqué leur merite
Bien plus aux espines, qu'aux fleurs:
O sainête Pucelle de Gennes,
Dont l'ardeur, & les sainêtes geines
Aux FIESQVES font tant d'honneur,
Changeant ma nature méchante,
Permettez qu'vn iour ie vous chante
Sous l'aide d'vn secret bon-heur.

　　Attendant que mes longues veilles
Forment ces airs melodieux,
COMTE, si ie dy tes merueilles

Te feray-je point odieux?
Car la ferueur eſt ſi puiſſante
Qui rend ton ame obeïſſante
Aux regles de l'humilité,
Que quand ta Force, & ta Clemence
Seruent à l'honneur de ſemence
Tu cerches ſa ſterilité.

   La gloire qui par chalandiſe
De ſon miel noſtre nom confit,
Sans doute eſt vne marchandiſe
D'où l'on tire peu de proffit,
Et quelque choſe qu'on m'en die,
Auſſi-toſt qu'elle ſe mendie,
Proprement ce n'eſt plus qu'vn bruit;
Car ceſte pourſuite feruente
De maiſtreſſe la rend ſeruante,
Et deſaſſaiſonne ſon fruit.

   Ceux ainſi que l'orgueil emporte,
Qui bouffis de flamme, & de vent,
Frappent tous les iours à ſa porte,
Et luy vont ſans ceſſe au-deuant;
Ne font par leur brigue importune
Rien que d'enuier la fortune
Aux criminels des temps paſſez.
Comm'eux croyants que l'on les tuë
S'ils n'embraſſent vne ſtatuë,

Et s'ils ne l'implorent assez.

Mais aussi lors que la lumiere
Nous éclaire, il en faut vser,
Et venant s'offrir la premiere
On a tort de la refuser;
La Vertu d'Honneur separée
Semble à la couleur preparee
Pour receuoir l'éclat du iour;
S'il la rehausse elle est contente,
Sinon elle reste en attente
Sans l'aborder en son sejour.

Si i'enrichis dans la guirlande
Que tu cueillis au Païs-bas,
Quand portant la foudre en Hollande
On te creut le Dieu des combats,
Et si i'entoure mon ouurage
Des lauriers deus à ton courage,
Hors d'icy la seuerité
Qui te fait haïr leur verdure;
Car il n'est plus temps qu'elle dure
Si tu cheris la verité.

Des iustes bornes de l'enfance
A peine estois-tu bien parti,
Quand mon Prince vit ta defence
Prompte au secours de son parti;
ALBERT, du monde les delices,

Jamais

Jamais dans l'enclos de ses lices
N'admira guerrier plus que toy,
Et ta dextre encore pucelle,
Dés que tu peus monter en selle
Voulut s'employer pour la Foy.

Ceux qui sçauent comme tu tailles
Poußé d'vne iuste chaleur,
Peignent le debris des batailles
En l'image de ta valeur;
Le Demon de ta diligence
Est de si bonne intelligence
Auec celuy de tes aduis,
Qu'vne entreprise executée,
Aussi-tost par toy qu'arrestée,
Rendroit tous les Cesars rauis.

S'il faut qu'en tremblant ie m'estende
Dessus l'horreur de tes perils,
En ce fameux siege d'Ostende
Où tant de Braues sont peris;
Les canons seruans de goutieres
Aux cours des rauines entieres,
De poudre, de flamme, & de fer;
Qui sur ton front ne vit empreinte
Vne fureur qui donnoit crainte
A ces fureurs mesmes d'Enfer?

Le Nocher s'asseure de l'aide

Par qui l'orage est escarté,
Alors que les enfans de Lede
Prés de luy tournent leur clarté:
Ainsi la frayeur qu'on aualle
Pour vne rencontre naualle
Du cœur des nostres s'enuola,
Si tost qu'ils virent vne pointe
De ton ardeur si bien conjointe
A celle du Grand SPINOLA.

Le nœud de vostre parentage,
Et l'amour des coups hazardeux,
Nous procura cét auantage
De ne faire qu'vn de vous deux;
Vos volontez si bien vnies
Rendirent nos forces munies
Comme d'vn plus ferme rempart,
Et de ceste valeur doublée
L'ennemie en fut si troublée
Qu'Ostende en fin nous cheut en part.

En France depuis quelle guerre,
Ou quel remu'ment s'est monstré,
Auquel l'éclat de ton Tonnerre
Ne se soit tousiours rencontré?
Rendant tant de tempestes calmes,
De combien de touffeaux de palmes
As-tu releué tes moissons?

Et comme eſt faite la couronne
Qui ce front de Mars enuironne
Depuis que tu campas Soiſſons?
    Mais c'eſt trop ſe rendre interprete
D'vne vertu qu'on cognoiſt tant;
La ſaiſon vient que ie m'appreſte
Pour les autres d'en faire autant.
Diray-je donc la Patience
Qu'à bien courtiſer la ſcience
Applique ce cœur triomphant,
Et comme la paix ne t'enerue,
Puis que l'vne & l'autre Minerue
Te recognoiſt pour ſon enfant?
    Or de la peur tu nous deliures
De voir plus fleſtrir nos bouquets,
Quand tu viens bleſmir ſur les liures,
Ayant rougi dans les moſquets.
Fy! de ces ames caſanieres
Qui traitent comme buiſſonnieres
Les chaſtes Filles d'Helicon:
Et par vne folle couſtume
Ne ſe propoſent qu'amertume
Dans le ventre de leur flaſcon.
    O! de ce ſiecle la foibleſſe
Que l'honneur ne ſoit plus renté!
Sinon ſur vn bruit de nobleſſe

Qu'on tire de sa parenté ;
Et qu'aujourd'huy rien ne retarde
Le cours d'vne gloire bastarde
Par qui cent butors sont choisis ;
Dont l'entretien poudreux & sale
Ne gist qu'aux parois d'vne sale
D'où parlent des tableaux moisis.

 Ceste humeur grossiere & sauuage
Dont l'ignorance est le soustien,
Ne pouuant mettre à son seruage
Vn esprit fait comme le tien,
Deuiendra si laide & si vile,
Qu'au lieu de paroistre ciuile,
En voyant que tu la reprends,
Ton exemple, comme i'espere,
Ainsi qu'vne affreuse vipere
La chassera d'auprés des Grands.

 Ce beau naturel qui s'attache
A voir tous les secrets du Ciel,
Chasque iour fournit pour sa tasche
Vne ruche entiere de miel ;
Voire-mesme la mousche Attique
N'a plus ny vogue, ny pratique,
Et son mestier est de repos,
Si tost que ta douce faconde,
Sans deuanciere, & sans seconde,

Eſtend le fil de tes propos.

Rien n'eſt ſi faſcheux à cogneiſtre
Que tu n'en ſortes bien à point,
Et ta viuacité fait naiſtre
Le iour, où l'on n'en voyoit point:
L'eſpineux & ſubtil myſtere
De la Philoſophie auſtere
Eſt la viande qui te plaiſt;
Et noſtre ſaincte Poëſie
Ailleurs que dans ta fantaiſie
N'eſt bien priſe pour ce qu'elle eſt.

Tous ceux que le ſçauoir appaſte,
Et que Nature euidemment
A peſtris de plus fine paſte,
Et nourris plus mignardement,
N'ont iamais bonne cogneiſſance
Du preciput de leur naiſſance
Qu'auprés de ta perfection,
Qui pour eux ſeulement éclatte,
Lors qu'elle les priſe & les flatte
Par des marques d'affection.

Je men vay droit par meſme voye
Mettre en échec la vanité,
Faiſant que tout le monde voye
L'excez de ton humanité;
Vertu ſi long temps affoiblie,

C iij

La raiſon veut qu'on te publie,
Et qu'en-fin parmi les mortels
Celuy qui iamais ne s'élance
Aux tranſports de la violence
Remette ſur pied tes autels.

Brauaches Tyrans de village,
Gentils·hommeaux auanturiers,
Qui n'aimez que voſtre pillage,
Et ne priſez que vos levriers,
Au lieu de ces rodomontades,
De ces fureurs, de ces boutades,
Dont vous groſſiſſez vos diſcours,
Apprenez d'vn Seigneur ſi braue
Que l'humeur plus douce que graue
Chez les Nobles doit auoir cours.

En quelle terre mieux choiſie,
FIESQVE, faudroit-il aller,
Pour treuuer vne courtoiſie
Qui peuſt bien la tienne égaller?
Si quelqu'vn veut qu'il ſe pourmeine
Outre les pas du fils d'Alcmene,
Et plus loin que noſtre oriſon,
Juſqu'à ce qu'il l'ait rencontrée,
Pourtant en aucune contrée
Son ardeur n'aura gueriſon.

Ta qualité paroiſt bannie,

Et ton rang semble estre suspect
Quand pour la moindre compagnie
Tu n'es qu'amour & que respect:
La douceur se lit en ta face,
Rien ne sort de toy qui ne fasse
Lascher prise aux plus enuieux,
Et seulement l'air de ta mine
Promet, si tost qu'on l'examine,
L'égalité des siecles vieux.

   De tes subjects tu ne desires
Que leur propre contentement;
Non comme ces nouueaux Buzires
Qui les font mourir lentement:
Et tant de gloutonnes sangsuës
Que l'on voit grasses & pansuës
D'vn suc espreint en leur douleur,
De qui l'écarlatte ordinaire
Par vne rigueur mercenaire
De leur sang tire sa couleur.

   Tel vers eux tu te faits pareistre,
Qu'il leur est bien aisé de voir
Que le nom de Pere & de Maistre
Les oblige à double deuoir;
Outre que les loix de la force
Ne nous acquierent que l'escorce,
Et ses fruicts sont hors de saison;

Leur foy seroit-elle distraite
Du seruice d'vn qui les traite,
Et par amour & par raison?
 Pour meshuy plus à plein s'estendre
Sur tous les dons particuliers,
Qui te peuuent faire pretendre
Le premier rang des Caualiers,
L'histoire des malheurs d'Helene
Se trouueroit de courte haleine,
Et le Poëte le plus fin
Que toute l'Antiquité prise
Confesseroit ceste entreprise,
Comme sa cause estre sans fin.
 Sans recercher donc l'artifice
Requis à tel agencement,
Si croy-je que cét edifice
Est plus qu'à son commencement;
Et que pour y chommer ta feste,
Il est temps d'éleuer le faiste:
Car auant que te dire adieu
Je viens pour ma derniere offrande
Monstrer ta qualité plus grande,
L'hommage que tu rends à Dieu.
 O Phœnix du temps où nous sommes,
Le feu comme toy sans pareil,
Par qui tu vis, & te consommes,

Sort

Sort vrayment des rais du Soleil ;
Mille pointes étincellantes
Des flammes les plus excellentes
Que l'Amour Diuin puisse auoir,
En cendre te venant reduire
Pour te faire aprés mieux reluire,
Chasque iour nous le font sçauoir.

    L'ardeur d'vne si belle flame
Ne sçauroit iamais s'assoupir ;
Car sans cesse tu luy rends l'ame
Par le vent de quelque soûpir,
Et ces larmes de Penitence
Qu'au fort d'vne saincte Constance
Tes yeux versent à gros rendons,
Quand tu veux que Dieu te pardonne
Sont comme les eaux de Dodonne,
Où l'on rallumoit les brandons.

    Personne n'entre en ton seruice
Sans proposer auparauant
De faire trefue auec le vice,
Et ne le suiure plus auant :
Car ses mœurs sont examinées,
Et les heures determinées
Chez toy pour la deuotion
Marchent plus seures & plus droites,
Qu'aux Religions plus estroites,

Sans remife & fans caution.

    Le pauure en ta mifericorde
Rencontre vn azile affeuré;
Ton humeur à chacun s'accorde,
Et nul par toy n'eft cenfuré:
Cefte pepiniere affamée
De voir la gloire diffamée
Des perfonnes de meilleur bruit,
Quoy que par tout elle fourmille,
Aux approches de ta famille
Pourtant fe pert & fe deftruit.

    Bref fi les Grands en toutes places
Auec les plus petits marchants,
Sont ainfi que ces larges glaces
En la boutique des Marchands,
Où fans pay'ments, & fans falaires,
Pour les iuger troubles, ou claires,
Chacun a droit de fe mirer;
Pareiffant pour toy le modelle
De la vertu le plus fidele,
On ne fçauroit que t'admirer,

    Le Ciel mefurant tes années
Ainfi que de fon propre enfant,
Deffus le front des deftinées
T'éleue vn fiege triomphant;
Et puis que ta gloire eft logée

Defia comme en son Apogée
Qu'il nous accorde seulement,
Que sans monter, & sans descendre,
Bien loin de la mortelle cendre
Elle dure eternellement.

Que puisses-tu de la fortune
Te rendre le cours hommager,
Et du sort l'attaque importune
Jamais ne te vienne outrager;
Ainsi tes vertus signalées,
Par ton seul bon-heur égalées
De tous ces postillons aigris,
Bridant la nature volage,
Les gardent, aussi-bien que l'âge,
De t'amener aux cheueux gris.

Que de ton pudique Hymenée,
Tousiours fertile en demi-Dieux,
La course ne soit terminée
Plustost que la course des Cieux;
Et le sacré nœud qui te lie,
Grand POMPEE, à ta CORNELIE,
Demeure ferme aussi long temps,
Qu'auprés de ceste sage Dame,
Si parfaite de corps & d'ame,
Tes desirs se verront contents.

Que ces deux fleurons de ta race,

De qui l'esprit l'âge dement,
Et dont la douceur & la grace
Aux cœurs de fer sert ja d'aimant,
Tes deux Fils secondant tes actes,
Aux Loix de la valeur exactes,
A t'imiter ardents & prompts,
Mettent bien-tost en apparence
Tout ces hauts faicts, dont l'Esperance
Rit sur la voute de leurs fronts.

  Que de l'Enuie & de la rage
Les escadrons les plus testus
Tombent aux pieds de leur courage,
Et fassent ioug sous leurs vertus;
Puis leur gloire estant assez ample,
Qu'ils retournent à ton exemple
Voir de nos Muses le sejour,
Afin qu'ayant chanté le Pere,
Je puisse aussi, comme i'espere,
Chanter les Enfans quelque jour.

FIN.